大きくなったらなにになる？

作・絵 大海 赫

「大きくなったら、なににになる？」
ってきかれたら、ぼくはいつもこう答えた。
「大きくなったらね、パパみたいな、りっぱなお医者さんになるんだ」って。
──そんなこと、言わなければよかった。
黄色いカンナの花が、校庭の花だんにどっとさいた、夏休みのある日だった。
ぼくは遊び相手がいなかったので、その花をぼんやりとちぎっては捨て、ちぎっては捨てていた。
ぼくの足もとは、いつのまにか、黄色い花びらでいっぱいだった。

けれども、ぼくはそれをなんとも思わないでいた。

でも、やがてそこをはなれて、二、三歩あるきかけたときだった。

「あ、ちょっと……」と、だれかに呼ばれた。

ふり向くと、ぼうしをふかーくかぶり、四角いかばんをかかえた男の人がひとり、首をすくめて、にょっきりと立っていた。顔色の黄色っぽい、耳のへんに大きい人だった。

その人が、にっと笑って言った。

「あんた、大きくなったら、お医者さんになるんだってね」

「うん……」

ぼくは、今まで会ったこともなかった人が、どうしてそれを知っているのかと思って、とてもふしぎだった。

「おじさん、だーれ？」

「私はカンナだよ」

と、その人はぴしっと言った。
「大きくなるぐらい、わけはないんだ。さ、あなたにこれをあげよう」
かれは、ポケットから小さいきれいなはこを出して、さしだした。
はこには、こう書いてあった。

チョコリッキー
もりもり食べて
強く明るく大きくなろう！

はこを開けて見ると、中からチョコレートのかわをかぶった、めずらしいおかしが出てきた。
「おいしいよ。一こ食べてごらん」
と、カンナさんに言われて、ぼくはつい一こだけつまんで、口に

入れた。

舌がとろけるほどおいしかった。

ぼくの手は、すいつくようにふたつめのチョコリッキーにのびた。

そうして、みっつめに……。よっつめに……。

まもなくして、ぼくはそれをひとつ残らず食べてしまっていた。

すると……、いったいどうしたんだろう。ぼくが急にむくむくと太りはじめて、洋服がびりっ、びりっと破れだしたんだ。せいも、のびるのびる。足ももりもり大きくなるので、ぼくはあわててくつをぬぎ捨てた。

こうして、ぼくはちょっとのあいだに、おとなと同じ体になってしまったんだ。それどころか、鼻の下にはちょびひげさえ生えた。

カンナさんは、ぼろぼろの子ども服を着た、おとなのぼくを見てくっくと笑った。

「一人前のおとなになるには、まず、身なりをきちんとしなくてはいけないね」
　かれはかばんをおろすと、服とズボンをへいきでぬいで、ぼくにさしだした。ぴったりしたみどりのシャツとタイツだけになったカンナさんは、まるで一本の草みたいだった。
「さ、着がえるんだ」と、カンナさんが言った。
「いい」と、ぼくはあとずさりした。
「よくない。着がえるんだよ！」
　と、強く言われて、ぼくはおとなの洋服に着がえた。それが、あんがいぴったりだった。
　カンナさんは、自分のネクタイをはずして、ぼくにしめてくれ、ぼうしまでかぶせてくれると、へんなことを言った。
「おめでとう！　これで、りっぱなお医者さんだ。

「ま、せいぜいがんばってください。」
ぼくは、カンナさんの頭に目をみはった。かみの毛が、まっ黄色だったから……。けれども、カンナさんはただ寒そうに首をちぢめて、さっさと行ってしまった。
「おじさん！　忘れものだよ！」
ぼくはかばんを持って、カンナさんのあとを追いかけた。しかし、その人は、もうどこにもいなかった。
ぼくは、かばんを開けてみた。
出てきたものは、注射器や、ちょうしん器や、体温計だった。
——これで、ぼくはカンナさんの言ったことが、やっとわかった。
そこへ同じクラスのエミちゃんがやってきた。
ぼくが、呼びかけると、エミちゃんは首をかしげてぼくの顔をじーっと見た。

けれども、それが、なかよしのぼくの顔だとは、どうしてもわからなかった。
「あー、わかんない、わかんない、わかんない。おじさんの顔どこかで見たと思うんだけどなー」
と、ひどく苦労しているエミちゃんに向かって、ぼくはちょびひげの先をよじりながら、すまーして言った。
「それより、エミちゃん。きみは顔色がわるいよ。ちょっとしん察してあげよう」
「いいの！」
エミちゃんはにげ出そうとした。ぼくはすばやくそのうでをつかまえた。
「だめ！ お医者さんの言うことをきかないと死んじゃうよ！」
ぼくににらまれると、いつもきかん気のエミちゃんは急におとな

しくなった。ぼくはエミちゃんのはだかの胸に、考え考えちょうしん器をおしつけ、指の先でとんとんたたいた。
「ふーむ。やっぱしかぜだね。ではひとつ、注射をしてあげよう」
ぼくはかばんから注射器を出し、赤い薬を吸いこませた。
それを見て、エミちゃんは、とつぜんもうれつな勢いでかけ出した。
「きみ、きみ！　待ちなさい！　いたくないよ！」
ぼくは注射器を持って追いかけたが、とうとうにげられてしまった。
校庭には、もうだれもいなかった。
ぼくは、しかたなく校舎のかべだの、すずかけの木の幹だの、ブランコだのに、かぜの注射をして歩いた。
そのとき、うけもちのハナマル先生が、なぜかこわーい顔つきで校庭に現れた。ぼくは、にこにこして先生にちかよった。

「ちょうどいいや。先生、かぜの予防注射をしてあげるよ」
「注射？」
先生は、へんな顔をして、立ち止まった。
「では、あなたですか？　いま、うちの生徒をしん察したというのは」
「はい、そうです」
「あなたはどなたですか？」
「ぼくは、タナカ・ヒロシっていう、有名なお医者さんです」
「タナカ・ヒロシ……？　聞いたことのある名前ね」
「あ、そういえば、あなたの顔も、たしか見覚えがあるわ！」
先生はぼくをあなの開くほど見つめたけれど、とうとうわからなかった。ぼくはおかしいのをじっとがまんして、大まじめに言った。
「はい、うでをまくって」
先生もあとずさりした。

18

「先生も注射がこわいの？」
「こわくなんかないけれど……」
先生は、なにかちょっと考えてから言った。
「では、注射の前に、舌をみていただけないかしら。わたしは今日、熱があるのかしら？　気分がわるくて…。先生、お願いします」
ぼくは、先生から「先生」って呼ばれてとってもいい気持ちになり、
「みてあげます」と、大いばりで言った。
先生が舌を出した。
——ぼくはうっかり言ってしまった。
「あ、先生のべろ、三角だね」
とたんに先生は、舌をひっこめると、急にぼくをばかにしたように見た。
「体は大きくても、あなたの頭の中は、まるで小学二年生ね。あき

れたわ」
　それから先生は、いつものやさしさとは大ちがいのはげしさで、ぼくをしかりつけた。
「ひげを生やしたいおとなが、へんないたずらをして、はずかしいと思わないの？　立っていらっしゃい！」
　先生はぼくにせなかを向けて、さっさと行ってしまおうとした。
　ぼくはさけんだ。
「先生、ぼくだよ！　タナカ・ヒロシだよ！　ぼく、おとななんかじゃないよ！」
　けれども、先生は聞こえないふりをして、職員室に入っていってしまった。
　ぼくはとっても悲しかった。先生が、とうとうぼくをうけもちの

生徒と気づいてくれなかったから。
それでも、ぼくは言いつけられたとおり、校庭につっ立っていた。
日がくれた。
山はむらさき色に、カラスはねぐらへ帰っていった。
しかし、ハナマル先生は、いつまでたっても、
「もういいから、おうちへお帰りなさい」
と、言いにきてはくれなかった。
あたりがだんだん暗くなった。
ぼくは泣きたくなった。
「子どもにもどりたくなったかい？」
と、言う声がした。
——カンナさんが、いつのまにか、ぼくのうしろにしゃがんで、

じっと見上げていた。
「小さくして！　もとのように」
ぼくはカンナさんにかじりつこうとした。カンナさんはふわっと飛びのいた。
「なにをする！　おとなのくせに」
「子どもにしてよう！　おとななんか、もういやだ！」
と、ぼくはとうとう泣きべそをかいた。
カンナさんは、ふしぎな鳥みたいにかん高くわらった。そうして、自分の首をひょいと体からはずした。ぼくはおどろいてその場にへなへなとしりもちをついた。
カンナさんははずした首をぼくにつきつけた。その首がものを言ったんだ。
「それなら、わたしをもとの体にしてくれないか。

26

「あなたは、お医者さんだろう？」

ぼくは歯をがちがち鳴らしたきり、動けなかった。

首が、きんきん鳴いた。

「それみろ！ 一度ちょんぎられた花は、元のくきにくっつかないんだ！」

首は地面に落ちた。

カンナさんは、首もないのにくるくるととんぼ返りしながら行ってしまった。

気がつくと、ぼくのちぎった黄色いカンナの花びらがちらばっていた。

——それっきり、ぼくは二度と子どもにもどれなかった。

あとがき ── 体がかゆくならないために

　私は冬になると体じゅうがかゆくなり、夜になっても眠れません。ところが、冬にならなくても、それを聞くと、体じゅうがかゆくなる言葉があります。「児童文学」という言葉です。そして、児童文学とは大人が子どもの目線になって、「大きくなったら何になるの？」と優しげに問いかけるような文学なのです。

　子どもにとっては、将来よりも、今の方が深刻なのです。今の今苦しんでいる子どもにとって、大人がこしらえた甘ったるい「子どもの夢」など迷惑でしょう。ところが、大人は「子どもには夢がある」などと勝手に思い、思わせようとします。そんな大多数の大人にこそ、なんにも夢が無いのに。
　「児童文学」の「児童」とは、「学校に行っている子ども」という意味です。しかし、今戦争と貧困、差別と障害にために学校へ行きたくても行けない子ども達が、世界中にどんなに多いか！　今年ノーベル平和賞を取ったインドのカイラシュ・サティヤルティさんは、そんな子ども達のために立ちあがりました。今中東には戦争のために学校へ通えない子ども達が、アフリカには、貧しくて食う物も口に入らない子ども達が大勢います。日本にも、いじめという差別、親の離婚や暴行などで学校どころではない多数の子どもがいます。また、沢山の女性のおなかの中にも、この世に向かって挑戦しようとして待っている沢山の胎児がいます。更に大人達の脳裏にはまだ大人になれないでいる沢山の子どもが住み着いています。学校に行きたくても行けない、これらの子ども達を無視して、学校に行っている子ども─「児童」だけに文学を送ろうという偏狭な考え方は正しいといえるのでしょうか。

　昔童話は大人達に向かってこそ書かれました。ラブレー作「ガルガンチュアとパンタグリュエル物語」が、スゥイフト作「ガリバー旅行記」がそうです。日本でも「お伽草子」、滝沢馬琴作「里見八犬伝」という童話があります。しかし、これらは文学ではあっても、「児童文学」ではありません。

　さて、この「大きくなったら、なにになる？」も、童話ではあっても「児童文学」ではありません。子どもに夢を与えていないからです。夢どころか、主人公は夢を早くかなえたいばかりに、怪人カンナさんの誘惑に乗ってしまい、深刻な運命におちいります。夢は毒だったのです。
　さて、皆さんはこの童話をどうお読みになりましたか？

　　　　　　　　　２０１４.１２.１０　大海　赫

大海 赫（おおうみ あかし）

1931年、東京・新橋生まれ。早稲田大学大学院仏文研究科修了。
長く学習塾を経営。やがて、童話制作に専念。著書は「ビビを見た！」「クロイヌ家具店」ほか、多数。
第44回児童文化功労賞受賞。

[レターのあて先] 〒105-0012　東京都港区芝大門2-2-1
　　　　　　　　　　　常和芝大門ビル6階
　　　　　　　　　　　　株式会社復刊ドットコム気付　大海　赫　先生
[ホームページ]　http://homepage2.nifty.com/akasiooumi-4074

DVD

原　作	大海　赫
	（復刊ドットコム刊「メキメキえんぴつ」収録　「大きくなったら、なにになる？」）
声	僕……………金子 和史
	カンナ…………仁科　貴
	女先生…………片倉 わき
	同級生…………岩田 琉夏
演　出	安部 元宏
作　画	古阪 美津妃
	山口 美紗子
背　景	松田 一聡
協　力	佐藤 秋子
製　作	株式会社復刊ドットコム
エグゼクティブプロデューサー	左田野 渉
プロデューサー	有馬 圏
監　督	竹葉 リサ

大きくなったら、なにになる？
作・絵　大海 赫

(C)Akashi Oh'umi 2015
Printed in Japan
ISBN 978-4-8354-5222-7
C8093

2015年6月27日　初版発行
発　行　人　左田野 渉
発　行　所　株式会社復刊ドットコム
　　　　　　〒105-0012
　　　　　　東京都港区芝大門2-2-1
　　　　　　常和芝大門ビル
　　　　　　電話 03-6800-4460（代）
　　　　　　URL http://www.fukkan.com/
印刷・製本　株式会社廣済堂

定価はカバーに表示してあります。乱丁・落丁は本はお取替えいたします。本書の無断複製（コピー）は著作権法上での例外を除き、禁じられています。この物語はフィクションです。実在の人物・団体名等とは関係ありません。

『大きくなったら、なにになる？』
DVD についてのご注意

DVD をご鑑賞いただく前に、必ず以下の注意書きをお読みくださいますようお願いいたします。

＜著作権について＞
この DVD を著作権者に無断で複製（異なるテレビジョン方式を含む）、放送（有線・無線）、上映、公開、演奏、レンタルすることは法律で禁止されています。

＜ DVD の取り扱い、使用上の注意＞
ディスク記録面にキズ、汚れ、指紋、ホコリ、水滴などがつかないように取り扱ってください。
付着した汚れ、ホコリなどは柔らかい乾いた布か、市販のクリーナーを使って軽く拭き取ってください。有機溶剤は絶対に使用しないでください。
記録面へ文字など書き込むことは絶対にしないでください。

＜健康上の注意＞
ご鑑賞の際は、部屋を明るくし、テレビ画面に近づき過ぎないようにしてご覧ください。長時間続けての鑑賞を避け、適度に休憩をとってください。体調の悪い方や小さいお子さまの場合は、より注意が必要です。

＜おことわり＞
・この DVD は、映像と音声を高密度に記録したディスクです。DVD ビデオ対応のプレーヤーで再生してください。各再生機能操作については、ご使用になるプレーヤー及びテレビの取扱説明書を必ずご参照ください。
・パソコンに搭載の DVD-ROM プレーヤーでの動作は保証しておりません。
・DVD プレーヤーで再生が 100％保証されていません。規格上の問題で、全てのプレーヤーで再生できるとは限りません。一部の DVD プレーヤーや古い DVD プレーヤーでは再生できない場合があります。また、ゲーム機などでも再生できますが、2000 年より古い製品では再生できない場合があります。

■お問い合わせ
復刊ドットコム（info@fukkan.com）までメールにてお問い合わせください。